어떤 사람이 물가에 집을 지을까

강신애 시집

문학동네시인선 150 강신애

어떤 사람이 물가에 집을 지을까

시인의 말

역병도
천지에 보태주는 것이 있으려니

새 울음, 마른 솔방울 떨어지는 소리도
처음 만나는 언어 같다.

애착에 겨운 질문들
모래알 같은 말들을 머금고 머뭇거리던
위안과 허망을 멀리 흘려보낸다.

2020년 11월
강신애

차례

2부 마더

3부 르 클레지오의 바람

4부 물가의 집

1부

툭담

움직이는 숲

먼나무가 걸어왔다

옹이진 무릎에서 방출되는
빛

나무는 멀어지면서
동시에 다가왔다

내 앞 어두운 나무들은
가파르게 뒤로 물러나는 듯했다

투명하게
사선으로 움직이는 소로
찌르는 향

재빨리 숨는 노루, 새와 벌레와
부러진 흙빛 둥치들까지
알 수 없는 기체가 얽힌 뿌리의 세계

내가 긁어모은 나뭇단을
흡수해버릴 듯한 덤불숲

단지 겨울을 나려 했을 뿐인데

나는 숲에 삼켜지고
나뭇단은 우르르 익사하듯
만년의 행간 사이 다른 숲으로 가라앉았다

그 속에
또다른 절정이 있는 듯

밤의 기사(技士)

잠 못 든 거리
흑인의 노래가 들려온다

주술 같은 멜로디
내가 읽은 페이지들은 모두 어디로 사라졌을까
방구석에서 카페에서 몰두했던 감정들은
어느 구멍에 깃들어 살까

푸드트럭이 쏟아내는 음악에
오드리의 심야 이동도서관이 떠올랐다

맨 처음 집어든 책부터
어제 읽은 책까지
나를 스쳐간 음악과 영화 속 장면들까지
고스란히 저장되어 있는 버스에 올라

그 지층 속에 첩첩 머문다면
나는 중독된 것일까

서툰 낭만과 허무의 목록을 분류하고
오늘 배달된
뜨겁고 신선한 책을 편백의 선반에 정리하는
영혼의 사서가 되어

축축하고 텅 빈 거리를
홀로 질주하는 밤의 기사여도 좋겠지

친절한 안내인으로
그 시절 내 은밀한 취향과 통점을 해석해주리라
무구하고 대책 없는 감정으로
울창해지겠지

길모퉁이, 귤빛 불을 밝히고
버스가 정적에 감싸여 있다
덩굴장미가 점자처럼 더듬는 푸르스름한 높이와 그늘

가만히 발돋움하여 들여다본다

필경사

악보 베끼는 일로 생계를 유지한 루소
한 권의 책을 읽고
평생 그 책을 베끼는 일을 직업으로 삼은 이스탄불의 사내

빗방울 음표들, 고독한 부호들, 빠짐없이
손으로 만들어낸 밤과 낮
극단처럼, 마침표처럼 아름답다

오로라를 보기 위해 북극으로 갈 필요는 없어요
오로라* 끝은 핏빛으로 불타고
가는 줄기들 커튼을 휘감으며 핑크빛 향연을 펼친다

애틋한 손금 위로 갈라지고 피어오르며
낯선 생의 온도를 나누어주는 가지들
피와 초록의 온도, 머지않아 피어날 흰 꽃의 온도

하나의 인생을 읽고
평생 그 생을 베끼는 일을 직업으로 삼을 수도 있다

몰입한 눈, 익명의 의지, 빠짐없이
맑은 잉크로 총총 헌화가를 뿌리며
바스락바스락, 필사의 손이 상한 날개를 연주하는 일 년

방안 가득 흩어진 열망이 압축된
푸른 페이지 붉은 페이지

* 관엽식물.

천장(天葬)

나는 야크 똥을 주우러 다니던 아이
설수로 목을 축이던 처녀
놋주발을 돌리던 라마승이네

죽은 것 다시 죽여 살아나는 활개
냄새가 다른 피, 코와 팔다리들 삭혀 부유하는
천년의 짐승이네

나는 높은 곳 연모하던 살점들이
빛으로 짓고 빛으로 글자를 써 빛의 헝겊을 날리는
하늘사원의 전서구

모든 길은 허공으로 통해
부풀어오른 설풍마저 질긴 구애를 하네

신조(神鳥)도 설산에 푸른 그림자를 매달고
까마득한 공복에서 출발하네

긴 겨울과 희미한 별뉘의 제물
누군가의 전 생애가 불이 되고 물이 되어가는 곳에
발톱과 초점이 나의 전부일 뿐

땀에 젖은 모자가 세 번 원을 그릴 때

튕기듯, 붉은 언덕으로

툭담*

얼마나 오래 거기 앉아 계셨는지요
갈치 비늘 같은 은하수가 흐르고
눈 내리는 소리 듣던 찬 구름에서
고립의 무아지경을 도굴꾼에게 들키고도
무릎을 펴지 않는 당신

입적인지 명상중인지
시베리안 타임스도 BBC도 분분하네요
저도 명상중입니다만

이백 년 넘도록 깨지 않을 명상이라면
차라리 죽음 아닌가요
젤라틴처럼 녹아내린 눈, 홍곽이 꺼진 잿빛 몰골은
기도로 가둔 악몽 아닌가요

몸과 맘 잘 다스린 수행자는
마지막 숨까지 조절하고
티벳의 어느 린포체는
물구나무서서 가기도 했다지만
살아 있는 부처가 되기 직전에
얇게 저민 고서(古書) 같은 머리카락 햇볕에 말리니
연꽃좌에서 그만 툭, 일어나고 싶지 않은가요

건드리면 몸안의 혈점들 빛으로 새어나올 당신
부윰한 숨을 쓸어보아요

사실 당신의 명상에 자주 실마리를 놓치는
제 명상을 끼워놓고 싶은 거지만

* Thukdam. 죽은 이후에도 유지되는 특수한 깊은 명상.

팬데믹

닿을 수 없는 차가운 침상에
봄이 숨결을 다 쓴다

마스크 쓴 구름이 홀로 간 자들을 조문하는 동안
창궐한 전염병이
수백만 생명을 구했다고도 한다

바이러스와 테러리스트와 이산화질소 중
어느 것이 견딜 만한가
어디에 산소호흡기를 댈까

우리는 오랫동안 독을 먹고 살아왔는데
기침 소리에 소스라치는 어두운 골목
하얀 얼굴이 라일락 향기를 휘젓는다

나는 숙주고
너는 에어로졸이야

익사하지 않고 어디든 갈 수 있는 꽃가루야

늙은 쥐에서 임신한 고양이로 불안을 숨기고
뿔뿔이 흩어진 동굴을 봉쇄하니
푸른 하늘이 열렸다

서로 다가가지 말라는 계시처럼

교회에서 극장에서 터미널에서
시취(屍臭)가 빈 의자를 징검다리 건넌다

인류의 대멸종인 듯
쌓이고 쌓이는 시체들
맨땅에 묻혀가는 자들은 영혼의 행방이 묘연하다

사람 없는 길을 간다 나만 밟으며

재가 정지된 시간 위에 뿌려지고
매연과 무증상이 이어지면
벚꽃을 놓친 모퉁이를 오물거리는 개미들의 그늘에서
다시 기침을 해도 될까

쓸어엎고 생겨나는 우주의 주술을 해석할 수 없으니
타인의 죽음으로 연명해야지

자석

어깨 윤활낭염으로 찾아간 기공사는
손 여기저기 자석을 붙여주었다

납작한 구슬 같고 재킷 단추 같은 자석들을
마흔 개쯤 받아왔고
수지(手指)처방도를 펼치니
열 손가락에 숨은 별자리가 찬란했다

박수를 치면 두 손이 서로를 놓지 않았다
너무 멀리 바다에 막혀 있었다는 듯이

카페에서는
스푼과 탁자가 따라나오고

클립
가위
주전자가 매달렸다

사물들에게 이렇게 사랑받은 적 있나
벌떼를 붙인 사람처럼 끈적끈적

왜 모두 N극과 S극이 있나요

회전한다는 착각으로
본질이 빙빙 돌기 때문인가요
극과 극을 편애하는 우연의 충동인가요

척력과 인력 사이

손이 닿기도 전에 속속 당겨오는
단단하게 빛나는 것들을 끌어모으기 위해
아프기 시작했을까

서로 붙을까봐 저만큼
걸어다니는 막대자석들에게는
다가가지 못하면서

갈매기

책장을 넘기자 갈매기가 튀어나왔다

수평선, 열기, 깨어지는 고요의 모서리……
단어들과
망막 핏줄이 당겨 허공이 흔들린다

몇 장 페이지를 되짚어 넘기면
거기 부화한 알들의 둥지가
죽음의 실타래 같고

노을 음파가 철썩인다
타자기가 종이 뭉치를 물고 있다

이 낯선 물가는 책을 적시지 못한다
간신히 지문이나 축축해질 뿐

시린 두 눈을 감으면
깃에 사로잡힌 바람의 떨림을 음미할 수 있다
갈매기를 접어
어둠에 질식시킬 수도 있다

읽을 수 있다는 실감으로 잠결에
끼룩끼룩 갈매기 울음을 듣기도 한다

여름 달

까페에서 나오니
끓는 도시였다

긴 햇살 타오르던 능소화는
반쯤 목이 잘렸다
어디서 이글거리는 삼복염천을 넘을까

보름달
요제프 보이스의 레몬빛이다

내 안의 늘어진 필라멘트 일으켜
저 달에 소켓을 꽂으면
파르르 환한 피가 흐르겠지
배터리 교체할 일 없겠지

달님이 이르시기를
차갑게 저장된 빛줄기들을 두르고 붉은 땅
무풍의 슬픔을 견디어라
우주의 얼음 조각들이 예서 녹아 흐를 테니

물무늬

정오의 햇살이
숲과 뱀차즈기 향기를 녹여
물속에 풀어놓는다

산아래 수영장에는
물을 가르는 희미한 호흡뿐

수소와 산소 그득한
이상한 별의 욕조에서 그녀는
살얼음 헤치듯
무너져가던 냄새를 공기 방울로 돌려놓는 중이다

엉덩이에 달라붙은 수영복
진분홍 꽃이
빛을 움켰다 튕기며 부드럽게 자맥질한다

동요 없이 헤엄치는 그녀는
어딘가 잠적해들어가는 것만 같다

쨍한 물결이 그녀를 뒤로 안고 기우뚱거린다
빛이 얼굴을 삼켜
나를 보지 못한다

뜨거운 타일에 맨발이 데인다
해를 등지고 의자에 앉는다

긴 투병 끝 첫 여행지
물에 누워버린 그녀 몸에 다른 자궁이 생길지 몰라

돌아갈 차편을 잊으라고
모래시계가 거꾸로 간다

하늘타리 환하다 물무늬 어룽댄다

푸른 옷의 여인

창가 햇빛에 불거진 힘줄은
두 손으로 받친
편지 한 장의 무게를 짐작케 한다

팽팽한 이마
반쯤 벌어진 입

홍조 띤 뺨 너머
벽에 걸린 세계지도는
그녀를 먼 나라로 데려간다

등받이 높은 감색 의자 앞에 아득히 서서

의자를 장식한 금빛 테두리는
고요를 못박고 그녀는
어떤 고백에 못박혀 있다

요하네스 페르메이르의
편지를 읽는 푸른 옷의 여인처럼
혼을 빠뜨린 채
어떤 편지를 읽은 적 있다

편지를 읽고 쓰는 것은 나의 재능이기도 해서

숲에다 뿌린 오디 같은 글씨들이 많다
흙속에서 소곤소곤
밀고 올라오는 귀엣말이 많다

우리는 시간 방향으로
빛의 속도로 이동중이라고 한다

애착도 은유도 없는 메일과 문자들
삭제하고 삭제하며
신기루가 사라진 곳에 빛의 빙하기는 어떻게 당도하는가

뜨거운 종이 한 장에 멈춘 숨
서늘한 무아지경이
소리로 가득찬 액정의 도시로 건너온다

누구일까

새벽 세시, 요란한 사이렌 소리
화재가 발생했다고
어서 대피하라고
안내 방송이 주민들을 흔들어 깨운다

불에 데인 듯 일어나 현관문 여니
층층 아파트 주민들 얼굴이 풍선처럼 떠서
어디야, 어디야,
소스라친 입김들 주고받고 있다

참 이상한 일
연기 한 오라기 없는 맑은 어둠
쿵쿵거리는 심장에 들이붓는 싸늘한 공기뿐

추운 낭하 끝까지 둘러보고 누워도 잠이 오지 않는다
웅성거림이 잦아드는 어디선가
불의 커튼이
천장을 깨고 이웃집을 넘어 유리창을 핥고 있을 상상에

이른아침, 화재경보기가
복도에서 피운 담배 연기를 감지한 거라는 방송에
피식 웃고 말았지만

누구일까

한겨울 새벽까지 잠 못 이루고
가슴에 들어찬 허기
하얗게 피워올려
꿈결에 든 모두를 불러모은 사람은

러버 덕*

아파토사우루스만한 풍선
꼭 다문 부리
디뚱디뚱 물살에 밀리는

너를 보면 그냥 웃음이 나

기쁨 없는 지구인들에게 기쁨을 선사하려
무수히 피부 조각을 꿰매고
호수변 울타리에 주렁주렁 밧줄을 매단 채

떠 있는 척
사실은 붙잡혀 있다는 걸
사람들은 알까

너를 담기엔 접시 물에 불과한 곳에서도
미움이 없고 긴장이 없다

어느 날, 불쑥 나타난 너는
외계인이 보낸 트로이 목마
고무 입, 고무 꽁지가 돋아난 새끼들을 우글우글 까놓고
우리들의 빛바랜 꿈마저 포획해
PVC 껍질로 뱉어낼 거라고 두려웠지만

러버 덕
너는 어디서나 보이는 다정한 완구

알록달록한 성곽 너머
자이로드롭과 아틀란티스**의 비명이 솟구치는
매캐하고 이상한 도시를
신성한 소인국으로 바꾸어놓지

일 톤의 샛노란 곡면에 출렁이는 호숫가 사람들은
유년의 환영으로 둥둥 떠오르지

* Rubber Duck. 플로렌타인 호프만이 제작해 잠실 석촌호수에 전시했던 대형 고무 오리.
** 롯데월드 놀이시설들.

어떤 리듬

반바지를 입은 소년 둘
루주를 칠한 소녀 셋

만개한 공원 장미축제에
손가락, 어깨, 표정을 씰룩이며
이야기에 빠져 있다

화려한 장미 향기도
붐비는 소음도
그들만의 음역을 뚫고 들어가지 못한다

수다와 합의,
우쭐함과 감탄사를 부지런히 연주하며
킥킥…… 큭큭……

몸뚱어리 전부가 악기인
저들만의 리듬,
소리없는 웃음을 헤적이는 나비떼

폐쇄의 기운이 감도는
공통의 몸짓에도
행인을 향한 눈맞춤이 부드러워서

숨가쁜 동작이 발하는
다디단 말, 다른 바닷속 문법을
한참을 바라보았다

요가 소년

부드러운 목소리로 나를 인도하는 너

네가 낙타가 되면
나도 낙타가 되고

네가 쟁기가 되면
나도 쟁기가 되지

얼마나 더 멀리 찢을 수 있을까

마음
암벽을

가학의 쾌감
수평을 고르며 흔들리는 중심

파사아사나
시르사아사나

몸을 쏟아붓고 네가 당겨온 불

흩어진 나를 긁어모아
반짝,

미간에 촛불을 켜

너는 유튜브 스타
나는 찰나의 스타

너를 위해 나는 요가를 해

흠뻑 젖어
투명한 피가 돌아

나마스테

2부

마더

수의사

새끼를 받을 때마다
송아지 염소의 에미 애비가 된다

태반을 둘러쓰고 태어난 놈
숨 못 쉬는 놈,
코를 입에 넣고
바위인지 바다인지 막힌 양수를 힘껏 빨아올린다

생피처럼 입안에 확 퍼지는 짭조름한 비린내

매애애
울음을 터트리는 새끼의 첫 숨이 나의 야훼다

목숨을 주조해낸 구천(九天)의 분비물은
결백하고 위태롭다

DMZ

고라니는
무장하지 않고 물을 마시는 동물*

어느 나라에선
물사슴이라 부르지

손전등을 들이대면
물처럼 파랗게 그 자리에서 얼어붙기
남북한계선 철책 구멍을 넘어
자동차 헤드라이트 불빛을 향해 전력질주하기
북쪽 고라니 생각에 울다 투두둑!
미확인 지뢰지대에서 몸통이 쪼개지기도 하는

여기는 낙원입니까
시간을 무성한 초록으로 감금해버린 망각입니까

풀물 든 발굽으로
산양이 지나간 물웅덩이
개연꽃잎 머금은 고라니가 해작이고 있다

물구름을 타고 물처럼

* Hydropotes inermis. 고라니의 학명.

귀순 병사

멀리서도
헤드라이트 불빛이 심장처럼 헐떡였다

노랗게 물든 들판과
가로수가 아름다운 포장도로였다

채널마다 뿌연 폐쇄회로 영상 속
질주하는 지프를 쫓아갔다

초소와 검문소를 돌파하는 너
깊은 배수로에 빠진 너
축축한 낙엽에 미끄러지며 전광석화처럼 뛰는 너

추격조의 총알이 튀었다

뛰어, 제발,
나는 숨이 조였다

너는 군사분계선 너머 울타리 벽에 짐승처럼 쓰러졌다
수북한 낙엽더미가 검은 비린내로 물들어갔다

고독한 영웅은 반복적으로 상영되었다

이 세계는 스크린에 불과하다
우리는 아슬아슬한 총질을 너의 출신 성분을 저울질하며
찌개를 뜨고 커피를 마신다

축 늘어진 너를 끌고 나오는 열감시장비 영상이며
볼 수 없는 것까지
보고 또 본다

총알이 뚫고 지나간
너의 배를 열었을 때
허옇게 눈먼 손과 잘린 귀가 가득했다

마더

북서풍과 흉금 사이
낙엽이 산다

저 불그레한 몰락도 다 내 뜻이다

마더*의 배를 쪼개니
또하나의 크리스털 우주가 찬란했다

난장의 불탄 폐허 속에
솜털 보송한 아기 지구가 예비되어 있다면

내 배를 쪼개
금강을 꺼낼 수 있다면

초대하지 않은 욕망의 오장육부를 다 소진해도 좋을까

낙엽과 모퉁이 사이
사력을 다해 분계선을 넘어온 빡빡머리 청년이
아직, 숨쉬고 있다

꾸부러진 장 속에서
옥수수알 잡초 끄덩이만 끌려나왔다

옥수수알을 심으니
누룩처럼 부풀어올라 커다란 빵이 되었다

마더가 이 빵을 고루 나누자
눈물과 환희가 얼크러졌다

낙엽과 유두 사이
새싹과 북두 사이

마더가 산다

* 대런 아로노프스키 감독 영화.

게릴라 가든

삼일교에 꽃을 심을래
아메리카노 빈 컵에 유리 허공에

튤립, 코스모스, 토마토를 심을래
청계천, 신의주, 우루무치, 옴스크 너머

난간, 옥상, 깨진 보도블록 틈새마다

주홍의 주홍
빨강의 빨강
무지갯빛 게(偈)를 받은 정수리들

풍찬노숙으로
말쑥한 더듬이, 미지의 마법사를 불러오고

쓰레기 언덕
태양의 남쪽에서 북쪽으로

형형색색 씨앗일지를 쓰며
흙에 물들며
내 두 손은 어떤 꽃받침이 되고 싶은 걸까

자꾸만 튀어오르는 로켓

항로를 잃은 지구에
물을 뿜듯 초록 나침반을 퍼트릴래

가로등 아래 쉬고 있는
하얀 장갑처럼 당당해질래

게릴라처럼 게릴라처럼
씨앗 폭탄을 터트릴래

풍선

투명한 주머니가 떠간다

햇살 튀는
길쭉한 평화

유유히 갈대숲을 맴돌다
풀썩, 추락한다

시푸른 물속 해초에 얽혀 떠내려온 그것을
처음 건져올린 손은 두려웠을까

세세로
풍선은 아이들의 공물(供物)

부착한 타이머에도 폭발은 없었지만
촉수가 다한 해파리처럼
주저앉은 기구가 운반하려 한 것은 무엇이었을까

삐라도 사탕도 없이
실수로 산맥과 바다를 건너온 걸까

파라솔과 고무공이 난무하는 뜨거운 해변으로

얼마나 오래 산과 바다를 떠돈 것인지
원인이 사라진 모래밭에서
비닐 뭉치로 찌그러져 있다

풍선이 달려간다
긴 줄을 끌고

아이가 달려간다

나이지리아

검은 세포들마다 태양이 스며 있지요
해독의 역사로 가득한 신성한 문서입니다

펼치면 숨가쁜 광합성과 곤충들의 사각거림과
사막의 눈물 같은 수로가 비칩니다

그 빛은 어디서 왔나요
캄캄한 육체를 입기까지
걸어온 발자국은 얼마나 되나요

높고 화려한 머리쓰개는
여인들 영혼의 꽃술,
엉덩이는 원초성으로 빨려들어가고

염소 뿔을 종일 따르는 아이의
지리한 무표정, 반짝이는 쇄골

대서(大暑)의 한여름, 아프리카는 가까운 듯 멀고
먼지만 풀풀 날릴 듯한데
동쪽으로 동쪽으로 몰고 온 사바나기후를 꾹 짜면
열대의 초원이 펼쳐지겠지요

세계의 고향 모퉁이에 모여 있는 나이브한 모음

나이지리아

켜켜이 검은 숨결들 속의 빛나던 아프리카는
나의 누낭 어디쯤 고여 있을까요

저 원통형 우주 속에 무슨 일이 벌어지고 있는 걸까

언제부터인가 양팔을 둘러 제 몸을 껴안더니
팔과 다리가 점점 짧아지더니
사라졌다. 흔적기관처럼

손이라도 잡으려면
비늘을 들추고 손가락을 파내야 했다

분홍 아몬드 같은 난소를 파먹고 자란 뱀은
어머니를 온통 점령해버렸다

그렇다고 어머니가 초록 비늘의 힘으로
혼자 계단을 기어오르거나
풀숲을 자유자재로 활보하는 것도 아니었다

갈라진 혀로 파충류의 냄새가 밀려왔고
검붉은 입김을 내뿜으면서도
인간의 내면을 고수하는 듯한 표정이 마치 외계인 같았다

어딘가로 확장되어가는 듯한 동공(瞳孔)으로 보이는 수정시계는
나비 같은 형체의 잠복시간을 정확히 차감해나갔다

쥐도, 자신의 침도 삼키지 않는 철통 같은 함묵 속에

침대에 길게 늘어진 어머니는
뒷모습이 앞모습이었다
그것은 내게 어떤 포기를 요구했다

저 원통형 우주 속에 무슨 일이 벌어지고 있는 걸까
어머니는 지금 탈피하는 중일까

나비가 소란해지면서 비늘이 산산이 흩어져내렸다

탈피

풀숲에서 솟아오른 여인이 피리를 불고 있다
호수 위 달은 희고
이브의 몸은 검다
선율은 흐름을 만들고 흐름은 물관을 열어젖혀
새와 사슴, 뱀들이
토인(土人)의 격렬하고도 부드러운 율(律) 쪽으로 흐른다
옷걸이처럼 구부러진 두상으로
척척 숲을 걸치고
뱀들이 거리를 좁혀온다
다시 태어날 수 있을까
뱀은 율을 삼킨다
식물들도 연둣빛 방광을 쫑긋거리며
이파리마다 비의(祕義)로 반짝이는 비늘들이 자라난다
뱀을 휘감고 침샘을 돋우어
온몸으로 피리를 부는 여인
탈피를 해도 예전의 자신밖에 되지 못하는 뱀을 위하여
동트는 갈잎에 비를 부른다
여덟 개의 구멍에서 끝없이
여덟 개의 칼로 태어나는 뱀들이
긴 머리칼 검은 형체의 곡선을 다듬는다

몽타주

거대한 사과를 엿들어요
어떤 폭력이 다녀갔는지
빨간 모델은 보이지 않고
절반쯤 피부를 빠져나온 장화에서
발가락이 생겼어요
소라는 밀물로 석회를 밀어내
유리 귀를 키워요
당신을 더 잘 들으려고
지난여름 해변에서 주워왔어요
병에 갇힌 새를 꺼내 날려보지만
글쎄, 아무 확신이 없어요
모자만 남기고
얼굴이 사라진 르네*처럼
당신은 의미로부터 도망치고
우리는 상징의 그물을 넓게 펼쳐 뒤를 쫓아요
구름과 숲으로 이어진 몽타주
화포 손잡이를 돌리면
뜰의 물감은 풍경으로 돌아갈까요
창을 두드리던 빗방울 신사들은
기호처럼 후르르 날아갔어요

* 르네 마그리트.

클라인의 병

꿈에 당신은
신혼의 남편을 꿈에 만났다며 웃는다

스무 살 낯빛으로
내게 참외 한쪽을 건네다
당신은 문득,
당신이 죽었다는 사실을 깨닫는다

노란 참외씨가 흩어지고
어머니 주름진 얼굴이 쏟아진다

꿈은 어디서 오는 후일담일까

슬픈 자각몽을 선사하는
이 항아리는
안이 바깥이고 입구가 출구다

검은 계단이 둥글게 자라나고
아치교가 그늘을 빠뜨리는 곳을 따라가다보면
잠의 뒷덜미에서
꿈이 평면인지 띠인지 알 수 있다

당신은 이제 내게 오지 않을 것이다

꿈인 줄 알면서도
깨어나지 못하는 가위눌림 끝에
캄캄하고도 신비스러운 병의 내부에서 외부로 흘렀다

뫼비우스 띠는 둘로 쪼개진다

재의 여름

기억을 불러내기 위해
홍차와 아스파라거스가 필요하지만
부추나 가지에도
기억은 땅속줄기처럼 주렁주렁 따라나오지

여기서 벗어나기 위해
삼척으로 가지

당신 없는 여름은 갈취일 뿐이고
어떤 변명도 유치할 뿐이라고
자외선이 환청처럼 파고들고
파도가 발을 걸지만
당신을 내다버릴 생각에 골몰했지

맹목과 장롱, 서랍이 비워지고
서류의 칸이 비워져
마침내 우울도 비워지기를

커튼을 떼어 무진장의 햇빛을 들여놓고
빛 속에서 비로소
인생이 내 손아귀에 들어 있음을 알았지

어머니라는 규칙을 몰아낸 후

텅 빈
뼈의 휴식

빛이 스러지면
재의 방

당신이 죽어야 살 수 있고 당신이 죽어도 죽을 수 있구나

들어갔다 다시 나오는 회전문처럼
여전히 나를 돌리고 있는 당신
금지옥엽
죽지도 않는 당신

털실 인형

금세 사라져버리는 너를 대신해 뜬다

질긴 탯줄 끝
한 코 한 코 마음이 생겨난다
노란 모자, 풀빛 스마트폰, 넘치는 활기까지

올올이 거울에 비춰보는 너
모양과 색이 마음에 들지 않으면
다시 떠달라고 떼를 쓴다

휑 뚫린 가슴으로 들어오면
아프지 않게 정성껏 바늘로 꿰매준다
나는 거미처럼 가늘어진다

몇 날 며칠 어느 구석에 처박혀 보이지 않으면
손목에 묶은 아리아드네의 실을 따라간다
거기 어두운 곳,
올이 다 풀려 보푸라기 꺼풀만 남은 눈으로
액정 속에 잠든 너를 발견하곤 한다

화이트 오로라 커튼을 꿈꾸며
핀란드로 공처럼 날려달라고 몸을 웅크릴 때
너는 꼭 털실 뭉치다

변화무쌍한 네가 미워
잠든 사이 훌훌 풀어버린다

애인, 아이, 반바지 당나귀, 채, 희, 명……

닳고 닳아 낡은 장롱 냄새 풍기는 실로
탑처럼
나는 촘촘히 형상을 쌓아올린다

통하지도, 깊은 서사도 없지만 사랑스러운

추운 겨울밤
너는 환생을 꿈꾼다

윙컷

바람을 타고 앵무새가 떨어진다

불안하게
시멘트 위에 내려앉은 어린 새

양끝 다섯 개쯤
초록 깃이 잘렸다

자동차와 행인을 뚫고 날아온
새의 반경을 어림해본다

아파트 창살을 벗어나 한번 장하게 날아보고 싶었나
이 비행이 추락에 불과한가

높은 유리창 너머 말간 지배자가 날려보낼 신호들
애타는 전단지와 SNS를
손바닥에 웅크린
귀 붉은 앵무는 기다릴까

나도 오래전 몇 개 깃이 잘려
땡볕 아래
행선지가 지워진 지도를 들고 있지
덩굴처럼 자라나는 사다리를 깎고 있지

끝없는 유전(流轉)이 증발해버린 길에서
가방을 싸고 풀며

작은 새는
내 어깨를 짚고 목덜미를 한 바퀴 돌아
뭐라고 웅얼거린다

배운 말인지 날개 잘린 노래인지
어디서 출발했는지

3부
르 클레지오의 바람

인디언 모자

피트는 돌아오지 않았어

마을 사람들 모두 그를 찾아나섰지
기타를 치던 신앙심 깊은 피트
거리, 숲 어디에도 보이지 않는 피트

강물 위 둥둥 뜬 수상한 기름
피트는 저 속에 있어!

난간 아래 추락한 자동차
계기판에 걸린 안경, 시트에 묻은 핏자국

피트는 어디 있을까

사람들은 불도저 세 대로 강을 막았어
막대기 하나씩 들고
차가운 강물 속 바위, 갈대 뿌리까지 헤집기 며칠

피트는 어디 있을까

주술사가 모자를 강물에 띄웠어
피트의 모자니까 피트를 따라갈 거야,

물총새가 숨죽인 공기를 쪼아대고
모자를 따라가는 종아리들
물의 파편만 찰박찰박……

얼마나 흘렀을까

기우뚱, 모자가 멈춘 곳
거기 피트가 누워 있었지

눈부신 햇빛 그물망을 피해
강줄기 후미진 그늘에서
시간을 연마하며 기다리고 있던 피트

모자도 주인을 그리워했던 거지
그 뺨의 우묵한 멍 위를
속삭이듯 순환하는 물맴이처럼

터너의 원소*

증기, 눈, 바람, 거품은 터너의 원소들이다 모슬린 헝겊을 드리운 듯 자욱한 아치형 다리들, 종소리가 허물다 만 수도원의 폐허는 터너의 용해된 기억이다

하늘을 집어삼킨 19세기 공장 흐린 입김들이 굴뚝 밖에서 길을 잃는다 굶주린 검댕이가 골목에 폐에 스민다

아버지가 종일 깎은 머리카락들이 서로를 끌어안고 있다 고개를 젖힌 사내 얼굴에서 하얀 거품이 뭉게뭉게 일어난다 이발소 가득, 거리 밖으로 둥둥 떠다닌다

소년의 더듬이는 거울에 맺힌 물방울 필체들, 헤아릴 수 없는 터럭들, 바짓가랑이 부풀어오르는 근대의 뜨거운 기체를 흡착한다 훗날 구름과 불기둥, 비바람으로 칠해질 물과 불의 씨앗들이 거기 런던 뒷골목 소년의 손끝에서 잉태된 것

사투를 벌이는 증기선에서 눈보라를 직면하기 위해 부러질 듯한 돛대에 자신을 꽁꽁 묶었던 사람

그 전설 같은 이야기가 배가, 항구가 뒤바뀐 것이든 혹 거짓일지라도 포효하는 바닷물과 폭풍우, 아련한 젖빛 유도등은 소년의 전신에 퍼진 낱낱의 내력에서 흘러나온 것

물초된 짐승 앞의 번쩍이는 금속처럼 직면한다는 것, 체험만이 그림이 되고 터너 자신이 되었던 것

* 영국의 화가 윌리엄 터너(1775~1851).

푸른 수염

근심 없이 빛나는 바다를 보여주는 당신
영원의 비릿한 혀 속에
허리가 잠깁니다

늑대를 사랑하면
밤새워 늑대의 생애를
새를 사랑하면
깃털에 얼굴을 파묻습니다

매순간 환희의 미각을 선사하는 당신

가슴 시린 물빛 수염 빛깔에 허물어지던 나는
당신이 주고 간 숱한 열쇠 중
금지된, 단 하나의 방을 열어젖힙니다

피의 지하실

거기 처형당한 당신의 세월들이
살과 뼈 찐득하게
못에 걸려 차곡차곡 늘어져 있는 것을 보고야 맙니다

어느 순간, 돌아온 당신 칼에 쫓겨
나는 층계를 달립니다

높이 더 높이
긴 잠에서 깨어난 내 안의 해골 여인이
푸른 아수라의 피에 물든 반지와 구두를 벗어던지고 외칩니다

여기 사라진 영혼들이 있어요,

15세기 잔혹 실화의 한 토막을 타고
뚱뚱한 나비 여인 마리포사*의 야성으로
나는 지붕에서 뛰어내립니다
해골 여인의 들썩이는 뼈가 무너질 듯 나를 안아줍니다

저 컴컴한 성벽 위
하현은 손에 쥔 칼에 산란하고
녹슨 실핏줄 같은 수염은
외롭게 바람에 휘날립니다

* 뉴멕시코의 암석지역 '푸예'에서 나비춤을 추는 무희.

깃, 굿(巫)

당신이 나를
흰독수리 깃으로 정화해주던 날
꿈을 꾸었습니다

코요테의 언어로 말하고
사슴의 뿔로 분노하라고
희끗한 어둠 속에 선명한 목소리로 말하였지요

나를 수로에 버려두세요
곰의 먹이로나 줘버리세요

어떤 치병굿으로 저 바다를 정화할 수 있을까요
얼마나 많은 독수리가 죽어야 거친 물결을 잠재울 수 있을까요

심해에 흩어진 아이들 흔적을 발굴하다
무중력의 계절이 바뀌고

당신이 나를
흰독수리 깃으로 정화해주던 날
꿈을 꾸었습니다

산속 깊은 곳에서

밤새 노래하고 춤을 추며
영원히 끝나지 않는 성인식을 치르고 또 치렀습니다

진즉
젖은 몸을 들어올리지 못하였으니

어떤 치병굿으로 저 바다를 정화할 수 있을까요
얼마나 많은 독수리가 죽어야 거친 물결을 잠재울 수 있을까요

네 영혼은 계속 나아가리라
네 영혼은 계속 나아가리라

산속 깊은 곳에서
밤새 노래하고 춤을 출 뿐

설국

그는 아파트 화단에서 발견되었다. 울타리는 쓰러지고 측백은 휘었다. 눈 속에 무언가를 파묻는 자세로 푹, 꺾인 사내

304호가 사내를 일으키기 전에 짊어진 배낭을 먼저 들어 올려야 했다. 배낭에 돌이 가득한 듯 취한 몸뚱이와 합체된 무덤처럼 떨어지지 않았다. 아저씨, 이러다 얼어죽어요.

304호가 부른 112의 불빛이 난무하는 눈 속에 거리를 좁혀온다. 천천히 다가온 112, 아저씨, 119 부를까요, 집이 어디에요?

602동 1307호 602동 13…… 얼어붙은 취기에도 동호수는 또렷하다. 거기 누구 있어요? 아주머니? 핸드폰 줘봐요, 언 꽃밭과 지하를 잇는 경첩 같은 노인이

아무리 뒤져도 아무도 없어서 사람보다 무거운 것을 짊어지고 다니는 걸까. 축축한 등에 찰싹 달라붙은 생존 배낭일까. CCTV 숨죽인 어둠 속 외로운 혈흔이 진눈깨비에 뚝, 뚝, 번져 있다.

경관 둘이 한물간 늙은이를 질질 끌어 차에 싣는다. 불투명한 흰 눈 속을 절룩절룩 멀어진다.

도장공사

무수히 접합제 칠한 벽이
고장난 숲 같다

아파트 다섯 동을
흔들흔들 전시하던 며칠

베란다 창 닫아요,

줄을 탄 복면의 사내
포름알데히드가 휘발하는
흰 벽에서 부석한 벽으로 밀대를 밀며 간다

늙은 비둘기가 추락한 난간
벌거벗고 시위하던 사내
구급대원들이 산벚나무 두 그루 밑동까지 잘라
공기 매트를 깔아주던
실패한 자살자가 사는 십이층도 새하얗다

민들레 비비추도 흰 귀를 달고

허름한 아파트는 사라졌다

소문은 표백되고

허들링

온기 밭아가는 빙설의 몸을
나사 모양으로 당겨
안으로 감아 녹이는 황제펭귄들

기댈 곳은 군집의 체온뿐

배와 발등 사이에 알이 끼여 있다

사 개월 눈만 먹고 버티는
수컷들의 저 빽빽한 포란에
블리자드 날카로운 채찍도 빗겨가리

허들링은
상대를 원 밖으로 밀어내는 놀이였다

포토라인

욕망의 난투 끝에 끌려온 자

삼각형 꼭짓점 속으로 망명하고픈
그 속에 발을 들인 순간,
노란 테이프는 송곳 벼랑이 된다
죄가 밝혀지기 전에 먼저 심판받는다

왕도 거지도

폐지 압축공

우리는 올리브 열매와 흡사해서,
짓눌리고 쥐어짜인 뒤에야 최상의 자신을 내놓는다.
-탈무드

평생을 바친 직업에서 폐지 처분당한 자

괴테와 실러를 갉아대던 생쥐들과
산처럼 쌓인 종이와
자기 몸뚱이를 압축해버렸다

쓰레기 블랙홀을 뚫고
내 앞에 놓인 이 백지는 한탸*의 잔해
몇 알갱이
인(燐)이 섞인 그것을 나는 태양에 비춰본다

찐득찐득한 지하에 쏟아지는 폐지들
전진 후진을 반복하는 쓰레기더미 속에서
이 톤의 책을 건져올린 한탸

쌓인 활자를 버무려 별빛이 녹아내린
늙은 독신자의 문장은
밤의 천장에 입김으로 쓰이고

아직 인쇄되지 못했는데

유니폼을 입은 직원들은 폐지를 나르고
산뜻한 컨베이어벨트에 한탸의 그림자가 돌고 돈다

압축기는 기억할까
아무 망설임 없이 통 속에 휴지처럼 끼어든 그를
접힌 어깨가 지르는 쇳소리를

표백제로 샤워하고
울울창창한 어둠으로 비옥해진 한탸는
몇 페이지로 압축되어
내 방 책꽂이에 꽂혀 있다

스스로 극형을 받고
그리스도처럼 부활한 이가
조용한 고독 속에 숨쉬고 있다

* 보후밀 흐라발, 『너무 시끄러운 고독』의 주인공.

르 클레지오의 바람

불어 바람(désir)의
라틴어 어원은
별을 잃어버리고 간절함만 남은 것

우리말
바람(願)과
바람(風)이
동음이의어라고
중세의 수사 같은 벽안의 작가는 말했다

하늘을 빼앗기고
마음을 빼앗기고
분출하는 바람

소용돌이치는 힘이 깜깜한 세계의 광폭을 찢고 떠돌다
향수(鄕愁)처럼 자리한
그곳,

바람은 거기서 쓰여진다

한밤의 소네트
고통에 찬 노랫가락으로

강계와 비무장지대
이민자의 총상과 리비도를 넘어

쓰여지고 번져간다

심연에서 풀무질하는 증오와 사랑
비문(祕文)으로 가득한 환멸과 침묵을
우거진 숲과 밀밭 사이로 풀어놓는 것이
바람의 일

바람의 공모자들은
시시각각

발효하듯

노트에 흔적을 남기고
바람의 씨앗으로 튀어 날아간다

속박과 욕망을 벗어나기 위한
그 숱한 바람이
바람이었다

매

후드를 쓰고 잠든 털 공룡
스윽 날아 산비둘기를 덮치는 중일까
우비깃이 펄럭인다

아직도 매잡이 같은 것이 있다니!

피의 희생제의를 즐기는 은둔자라고 수군거릴 때
낚아챈 토끼의 흉강을 쪼는 야성이나
찰나뿐인 발톱,
우듬지를 타고 오르는 날갯짓의 아름다움에 대해
굳이 말하지 않았다

적운이 하얀 물푸레나무 언덕
광기로 끓는 매를 상승기류 속으로 내던진다

영원히 돌아오지 않을 듯 아득한 호루스의 비행

매는 신출내기 매잡이의 불안을 모르고
해 저물도록
어디서 꿩 만찬을 즐기고 있을까

얽히고설킨 덤불 속 희미한 부스럭거림에도 쫓아간다
컴컴한 숲을 헤치고 가쁜 입김을 뿜으며

훠이, 매를 부른다
현기증 일도록 오싹함이 밀려온다

그날
빈손으로 돌아온 밤이 하얬다

아직 그 숲에 가면
은빛 나무초리에 앉아 바람을 가늠하던 그의 매가 보이는 듯하다

휘파람 불면 청동 종소리를 울리며
주먹 위로 탁, 내려앉던
매의 무게를 그리워하며 그는 집으로 간다

피 냄새를 간직한 후드가
참매 형상으로 갸름하게 횃대에 걸려 있다
포획된 매는 더이상 매가 아니라고
푸른 하늘로 훠 떠오를 듯하다

가짜 고기 버거

백 프로 식물성 재료로 만든
가짜 고기 버거라고 한다

콩과 코코넛 지방, 밀가루, 식물성 오일
분자 조합으로 만든
맛도 냄새도 고소한 돼지고기라고

이제 먹고 낳는
철창에서 벗어난 가축들은
한가롭게 들로 물가로 소풍갈 수 있을까

항생제 없는 신선한 콩고기를
싼값에 먹을 수 있겠지

육식이 끊긴 대지에 성수가 흐르고
죽어간 짐승들을 위한
우리들의 비가(悲歌)는 끝이 날까

거짓 위안에 길들여져서
가짜 코코넛
가짜 밀가루를 만들어내지 않을까

머리를 물들이는 음모의 기미를

삼켜 분해하는
양자 오일이 등장할 수도 있겠지

입자를 버무려 무엇이든 만들어내는 미래가
다정하고 모호한 얼굴로 다가온다
어차피 우주는 분자의 조합이지만

미래는 하드디스크에 없고 책에 없고 계획에 없고
한밤중 유리창에 붙은 낙엽 쪽지처럼 다가온다
노크도 없이

한 나라의 인구가

한 달 알을 먹지 못해
목이 잠긴다

폐기된 오천만 개의 알들이
조롱조롱 나뭇가지에 매달려 있다

한 나라의 인구가 물구나무 서 있다

파묻힌 미물들의 맥박이 창을 두드리는
마른장마 후의 장마

아침이면
당신이 내게 보내준 햇덩이
하양 노랑 찰랑이는 윤곽에 구원의 침이 돌았다

알 하나에
악 하나가 소멸되기를……

어느 날, 냉장고에 손에 상처에
진드기들이 우글거린다
나는 얼룩진 헝겊 얼룩진 치자잎을 태워버린다

비켜, 비켜,

하며 병아리가 어미를 떠난다
다시는 돌아오지 않을 것처럼

살충제 같은 습기가
지리하게 머물고 있다

상아들의 노랫소리 들려오면*

나의 새는 당신의 조롱(鳥籠)
나의 살얼음은 당신의 푸른 모래

상아들의 뼛조각 부는 소리 들려오면 사바나로 떠나요

종일 반짝이는 눈빛으로 고백하고
하얀 목소리를 흘려넣어도
당신은 불신으로 엉거주춤한 사람

코끼리는 죽은 형제의 뼈를 알아본다고 하지요
긴 코로 흙속에 썩은 뼈 하나를 건져올리고
오래오래 주억거리듯

초콜릿 하나에 당신의 내음을
초콜릿 하나에 당신의 무심을
초콜릿 하나에 당신의 극렬을 녹여 마시고

내가 몰두한 궤도 밖에서
검붉은 날개를 퍼덕거려도
다시 이 창백한 방언들의 세계로 끌고 오지는 마세요

끝이 보이지 않는 염전을
부리에 소금 하나 물고 가는 새처럼

닫힌 말문에 꼭 하나 움켜쥐고 나는 사라져가요

나를 만지지도 않고 사랑하는 사람을 사랑했다는 것을

맨 나중 불탄 흔적을 뒤적여
내 애인의 주름진 코가 건져올리는 뼈 하나

나를 점령한 상아
나의 노래하는 병(病)입니다

* 영화 〈엘리펀트 송〉에서.

CCTV

망초 꽃무리 깊은 천변
넉넉한 외로움으로 걷는데

까만 눈알 하나,

고요도 황홀도 비애도
몹쓸 짓이어라

4부

물가의 집

무희

센트럴파크 모퉁이
대리석 발레리나

가슴에
두 팔을 X자로 포개고
왼쪽으로 갸웃, 머리를 튼 채
땀조차 증발해버릴 땡볕에
머리칼 한 올, 토슈즈 끝까지 흰 칠을 하고 서 있다

발치에
달러가 그려진 상자에는

'나를 춤추게 하세요'

지폐를 넣자
마법에서 풀려나오듯
엉킨 팔을 풀고
백팔십도 스르르 허리를 굽힌다, 환영처럼
망사 튀튀가 수직으로 솟구친다, 분수처럼

입술에 손바닥을 받쳐 불어 날리는 키스는
아스라한 치자향

일 달러는
대리석의 관절을 녹이고
상자에 수북한 지폐는
애티튜드중인 나비들인지도 모른다

끈질기게
춤출 순간을 기다리며
절묘한 포즈로
석상이 된 무희

프로빈스타운

갯벌, 수세기 망자들의
뼛가루 섞인 재를 모래가 집어삼킨다
숲을 집어삼키듯

허리케인이 건드려도
도서관, 교회 꼭대기는 하얗게 빛났다

갤러리들은 안쪽 깊숙이
괴짜들의 은밀한 얽힘을 전시하고
무지개 색조 화장을 한 청년들, 나부끼는 삼각 깃발들

달뜬 욕망과 낙담의 거리에서
발꿈치를 들면
엄지손가락만큼 등대가 보인다

레이스포인트, 롱포인트, 우드앤드……

가뭇없이 사라질까봐
등대에 가지 않는다는 말을 비웃듯
프로빈스타운을 완전하게 하는 것은 몇 개의 등대다

저 하얀 등대도
불 밝힐 기름 창고가 필요하다

나의 등대엔
캔버스에 담은 고래 뼈, 운동화에 얼룩진 파도
기원을 잃은 무적 소리가 불 밝히겠지

생수 한 모금을 마시고
걸어야지

바다에 바쳐진 모래의 안간힘을 증명하는
케이프코드
또르르 말아쥔 미늘 끝까지

천 년 후
레이스포인트의 불빛이 돼야지

프로빈스타운 고스트 투어*

이 무적 소리는
안개를 파이프에 담아 부는 것 같군
예가 종적 없는 곳이라고

길에 주차된 먼지 덮인 검은 차에는
허연 해골들이
흐치흐치 구멍나고 올이 풀린 커튼을 들추고
손가락뼈로 달그락달그락 창을 두드렸지
웃는 듯 우는 듯

궁금하면
508-487-4810으로 전화를 걸라 했지
P타운으로 오는 육로는 왜 하나인지
P타운에선 왜 모두 조각구름이 되는지

일몰이면 사구와 풀밭 사이
아이라이너를 그린 사내들이 나타난다
한 뼘 관습을 벗어난 체위는
미래이자 과거인 물결에 손목을 담근 태양이 가르친 것

흰제비갈매기

분홍 모래 웅덩이에

서로의 바다 냄새를 맡으러 헤엄쳐들어가는
벌거벗은 유령들을 지키고 있다

모래를 파내도
모래만 남는

해변 잡초 냄새가 풍기는
주황빛 죽음을

* PROVINCETOWN GHOST TOURS. 주차된 차에 쓰인 글.

이 도시의 기념품

비가 온다
끓던 관광객들 어딘가 숨어버리고
하릴없이 상점을 배회한다
영국산 후추병 세트나
여러 개 지퍼가 달린 가방 대신
라벤더 그려진 머그잔을 산다
팔월, 소금기 축축한
이방인의 비의는
머그잔에 담을
빗물 한 줌,
갈조류와 모래밭 사이
파도 냄새 한 줌,
도시에서 도시로 건너갈 때
사향 냄새 나는 만물상
기념품들 선반 위
영구 정착민 같은
머그잔 하나
돌아가 책상에 놓일
불과 유약의
끝없는 갈증 한 모금을 산다
버리고 다시 채우기 위해

물가의 집

어떤 사람이 물가에 집을 지을까

짠내 나는 상점, 좁은 골목을 통과하면
바다

흔들리는 목조 주택
접이식 의자

유리창 속의 항구
하늘과 내통하는 바다의 광휘에
작은 근심과 떠들썩함 따위
훼방꾼으로 여기는 사람이겠지

고래 분수 위 무지개나
보석을 실은 채 가라앉은 선장 이야기

옆구리에 저보다 큰 참치를 묶고 달리던 배가
해변 말뚝에 부딪는 끽끽 소리에
조가비처럼 귀기울이는 사람이겠지

이 빛나는 덧없음,
광대한 심연에 무릎 꿇은
늙은 보헤미안이겠지

장갑

무덤에 바칠
꽃 한 송이 가져오지 않았다니

장갑 한 짝이라도 두고 올까
망설이던 사람

석회맛 나는 포도주
영롱한 호수와 알프스가 가까운
보르헤스가 첫 시를 쓰고 최후로 묻힌
도시의 공원묘원이었지

돌아와보니 없다
오토바이용 가죽장갑 한 짝

단순한 묘석에서
개똥지빠귀가 깡충거리는 사이 흘렸을까

달리는 기차에서 떨어진 장갑을 향해
한쪽을 마저 벗어던졌다는
열차 바퀴 소리처럼 감미로운 이야기도 있지

어떤 책이든
끝까지 읽어야 한다는 의무감이 없던

살아 육체의 감옥에 갇히고도 쉴 틈이 없던 보르헤스는
또하나의 도서관
무덤에서 꾸던 꿈 이어서 꾸고 있겠지

황금빛 마리골드 꽃길로 돌진하던 여름 햇살과
상쾌한 속력을 전해주고 싶었을
파란 장갑 하나

여담(餘談)처럼

눈먼 우상의 묘석
어디쯤 떨어져 있겠지

앵무새, 룰루

플로베르가 순박한 마음을 쓰는 동안
박물관에서 빌려온 새
백 년 전의 눈은 매섭고
에메랄드빛 몸통, 장밋빛 날개 끝은 튀어오를 듯하다

앵무새가 죽었을 때
소설 속 하녀는 룰루를 박제로 만들었다

가슴에 앵무새 문신을 하지는 않았지만
그녀가 죽어갈 때 머리 위를 맴도는 거대한 천사는
인간의 말을 하는 희귀한 짐승이었다

"멋진 도련님, 감사합니다"

무색무취, 반복적인 생태가
하녀와 플로베르를 하나로 이어주었을까

나는 앵무새 같은 하녀예요
섬길 줄 밖에 모르는
나는 앵무새 같은 작가예요
엠마 보바리는 나의 모방일 뿐이죠

날개 한쪽이 부러지고 뱃밥이 삐져나온 몸통을

말끔히 박제해주는 곳으로 갔을까 그녀는, 플로베르는

룰루에게 시간은 단지 먼지일 뿐이고
벌레에게 파먹혔던 울대는
잊지 않은 그 대사를 말할 수 있겠는데

박물관 횃대에 앉아
파란 이마에 입맞춰주던 흐린 입술이 생각난 듯
갸웃거리며
방문객을 노려보는 앵무새 룰루는
무언가를 찾아 헤매는 것 같다

춤 금지

손과 발이 점령당한 야만의 골짜기
사방에서 금지의 탄환이 발사된다

누레예프를 꿈꾸던 아이*는 어디로 가나
들어올 수도 나갈 수도 없는 사막으로 가자

그보다 먼저 모래 속에 누워 기다린 여인

황폐한 시간의 내막을 후, 불어 날리자
아지랑이처럼 풀리는 숨결
마디마디 주르륵 모래 베일을 쏟으며 솟아오른다

네 어깨에 흰 날개를 삽입해줄게
금모래 나이프로

해에 닿을까?
뼈에 닿을까?

춤의 구덩이를 깊게 파며
사상누각의 진동을 포개는 네 개의 발꿈치

끝없는 모래 구릉에 떠도는 영혼을 입을 수 있을까

위험하고 텅 빈
춤의 체위가
한때의 우화를 토해놓는다

독재자의 집요한 허구는
호흡뿐인 몸뚱이를 벼랑으로 몰아
타들어가듯 춤추게 한다

* 이란의 무용수 아프쉰 가파리안.

마리안, 마가렛*

문드러져서 문딩이라지요
진물 흐르는 얼굴, 등허리
맨손으로 문질러 약을 발라주는 부드러운 손

환자들은 미안해 울고
없는 죄가 씻긴 듯 울고
한 달에 한 번 수탄장(愁嘆場)**에서 울었지요

코발트블루 바다 바라보다
근원에 닿던 사람들

새벽, 밀려가는 파도의 서늘함이 밴
편지에는
늙어 짐 될까 떠난다는 말씀만 방울방울 맺혀 있었죠

낯선 모국에서
백사청송(白沙青松) 그리움의 기슭에
암을 들인 마리안

요양원 찾아
소록도를 꺼내면

치매의 마가렛

방긋, 웃지요

* 소록도에서 46년을 한센인들과 함께한 오스트리아 출신 두 간호사.
** 한센인과 그 자식들이 소나무숲 도로를 사이에 두고 면회하던 장소.

모로코 여인

무아신 거리의 방향제 같은
적갈색 입술
아틀라스산맥, 사하라사막을 넘어온 사랑

정수씨와 오일장을 돌며
비닐봉지에 두부를
페트병에 식혜를 담아 파는
솜털 보송한 여인

쉐프샤우엔의 파란 꿈은
정수씨 죽고
다섯 살 라난과 파리하게 남아
부산 앞바다 포말에 납작한 슬리퍼처럼 휘둘렸다

표류하는 국적
표류하는 그림자

유기된 노을이 소금으로 슴배이다가
누렇게 빛바랜 철쭉이
제 가슴에 박히다가

자격루 박혁거세 동지팥죽은 어려워
귀화 문제집을 펼치는 여인

부탄

히말라야 산기슭
은둔의 왕국에서는
첫눈 오는 날이 공휴일이라지요

관공서도 쉬고
거리마다 축제를 벌이는 사람들
자카란다꽃 같은 사람들

집밖에 눈사람이 서 있으면
눈사람을 만든 이에게 한턱낸다지요
늦잠 잔 벌로

첫눈 오는 날
아파트 현관문을 열어봅니다

신을 닮은 이방인이 서 있나
회색의 텅 빈 우주가 서 있나

늦은 휴가

한차례 인파가 빠져나간 해변은
방치한 텐트처럼 고요하다
물새들 어지러운 발자국과 장난치며 출몰하는 고양이들

너는 오래오래 헤엄치고 나와
뚝뚝 물 듣는 전신을 모래에 파묻는다

네 눈꺼풀 열고 살균된 소금 눈동자에서
내 혀는 안데스 계곡 상록의 햇빛을 조금씩 빨아먹는다
짭짤한 단맛, 무른 딸기처럼

누가 버리고 갔을까
병에 가득 담긴 진줏빛 조개와 소라 껍데기
달과 미리내의 반복, 그 신비한 찌꺼기

발길 채는 대로 따글거리는 유리병
물결 속으로 흘러들어간 돼지기름과
흥얼거리듯 섞이는 파도 소리는 바다의 은은한 태교

헤엄치기엔 너무 늦은 오후

규칙적으로 물방울 튕겨올리는 네 팔의 잔상
심연에 삼켜지려는 몸짓을

나열된 빛이 웅얼거리며 꿰매어간다

떠밀리는 물의 곡선을 따라 새들이 낙하하는
모래에 발을 묻고 나 무른 딸기를 먹었지

블룸 이펙트

안개비에 거리가 축축하다

머리카락이 늘어진다
단풍나무 오리들이 물가에 길게 늘어진다

희미하게 들뜬
저 커튼 안쪽이 궁금하다

비에 젖으며 찍은 사진들
컴퓨터에 저장하고 열어보니
그냥 흐리멍덩하다

은빛 솜 포개놓은 듯
숨쉬던 습기는 사라지고 없다

사진을 비로 살짝 쓸어준다는
블룸 이펙트(bloom effect), 무심코 누르니

아침 호숫가
자욱한 안개 풍경이
심연의 복사본처럼 피어올랐다

살짝, 쓸어준다는 것

수면 아래 멈춘 시간을 조금
흔들어준다는 것

누가 내 얼굴 쓸어주었으면
함몰된 표정이 떠오르도록

머루

벤치 햇빛을 핥던 개가
내 손을 핥는다

낭창한
분홍 물티슈 같은 혀로
낡은 손금, 손가락 구석구석 소독한다

두개골과 두개골을 마주하면
까만 유리알 속
미세먼지 같은 은하가 둘

잊는 것은 무의미하다고
고백하기 좋은 창이 둘

제 사랑의 보폭으로 뛰어올라
딱 고만큼만 깨물고

접붙일 생이 없어
소파 아래 갉아먹은 뼈들이
티끌 무덤이다

깃털 모으는 남자

지갑을 열자
깃털이 수북하다

하늘이 내게 말을 걸어요

—돌 속의 씨앗을 생각해

—붉음이 스민 외딴 감정을 버려

그는 깃 하나를 집어 후 분다

새의 숨결이 빗어 넘긴 비단술
돌아온 봄날을 부유한다

푸른 지폐에도
산비둘기 속깃털이 뭉쳐 있어
그 솜으로
사과의 마음 하나쯤 살 수 있겠지

까마귀 깃으론 또 무얼 할까?

하얀 성(城)

저 성의 주인은 누구인가요 말 걸어볼 사람이 없고 진열장에 든 빵을 살 수 없는 곳, 쌓인 눈을 만질 수 없고 멀리 마주본 두 성의 불빛만 거울 같은 곳, 창 너머 희끗한 하인도 은둔자 같군요. 사계의 성을 숭상하는. 집시들의 노랫소리가 풍문처럼 울려퍼지고 밤새 젖지 않는 신발로 어디든 갈 수 있군요. 암벽 같은 성문이 밤을 갈랐다. 오래 묵은 입술로 하인이 말했다. 어서 오세요, 방마다 이야기가 잠겨 있고 귀가 늘어나는 곳으로, 돌아갈 때는 저 반대편 성으로 나올 거예요. 불확실한 어투처럼 떠도는 입자들 어두운 간격을 몬존히 스미는 눈, 나는 헤아릴 수 없는 성으로 걸어들어갔다.

해설

그리움의 현상학

박동억(문학평론가)

1. 둥긂으로부터 사선으로

강신애 시인의 첫 시집 『서랍이 있는 두 겹의 방』(창비, 2002)에서 풍경을 거니는 방식을 떠올려보면, 그것은 "자작나무 숲을 돌아나오는 피리소리"(「나의 자작나무」)처럼 둥근 길을 따라가는 것이었다. '돌아나옴'이란 숲을 가로지르며 삶의 무게를 떨치게 만드는 산책이고, 어떤 음악처럼 고된 일상을 잠시 벗어나게 하는 우회이며, 무엇보다 길을 잃을 염려 없이 항상 제 위치로 되돌아올 것이 약속된 순환이었다. "이 숲을 밥 냄새 가득한 인간의 방으로 만들어버립니다/ 나는 두 겹의 방에서 삽니다"(「두 겹의 방」)라는 문장이 의미하듯, 시인에게 자연을 거니는 것은 '인간의 방'으로 되돌아오는 일과 같을 수 있다. 요컨대 그의 시에서 문명과 자연은 불화하지 않았다. 무지개처럼, '방'과 '숲'은 세상을 다른 방식으로 표현하는 두 개의 색채나 음계로서 조화를 이룰 수 있었다.

어떤 중심이 이렇게 세상을 서로 보듬는 모습으로 상상하는 것을 가능하게 할까. 어떤 마음이 "너와 내가 거대한 짐승의 뱃속에서/ 하나로 합쳐진다는 생각이 든다"(「구부러진 책장」)라는 문장에 닿아, 서로 다른 존재와 화해할 수 있게 하는 것일까. 이와 관련하여 시인은 어렵지 않은 문답을 우리에게 건네기도 했다. "빈 구멍뿐인 몸속 어디에서 不死의 욕망이 생겨나와 세포를 온통 흔들어놓는 거니?"(「지옥의 幻人」)라고 시인은 묻고, "사랑의 파편들이 새로 태어나고 태어나고……"(「마노」)라고 답한다. '빈 구멍'이라는 생명의 중심을 채우는 것은 사랑이다. 사랑하기 때문에 우리는 죽기를 두려워하고, 끝없이 살기를 바란다. 조금 더 깊이 파고들면 그의 시집은 사랑을 건네받는 자의 마음까지도 드러낸다. "아버지 손끝에선 나무도 부드럽게 휘네"(「갓 켜낸 육송 무늬처럼」)라고 말하듯, 뚜렷한 사랑의 한 이미지는 부성애에서 기원한다. 아버지가 자식에게 건넨 부드러운 손짓처럼 이제 시인은 세상을, 풍경을 어루만진다. 그렇다면 첫 시집에 반복되는 둥근 길의 상상력을 지탱하는 것은 바로 '아버지 손끝'이었는지도 모른다.

한편 우리는 이번 시집의 서시(序詩)에서도 또다른 방식으로 숲을 거닐며 만들어지는 하나의 길을 마주치게 된다. 그런데 언뜻 보기에 이 길은 첫 시집의 밥 내음 풍기던 둥근 길과 비교해본다면 사뭇 다른 인상을 받게 될지도 모른다. '나'를 감싸던 둥근 길은 이제 멀어져가는 듯하다. 숲은 손에 닿을 수 없는 공간처럼 자꾸만 뒤로 물러나며 아득해져가는 듯 보인다. 그렇게 '먼나무'로 이루어진 풍경을 시인은 '움직이는 숲'이라고 부른다.

먼나무가 걸어왔다

옹이진 무릎에서 방출되는

빛

나무는 멀어지면서
동시에 다가왔다

내 앞 어두운 나무들은
가파르게 뒤로 물러나는 듯했다

투명하게
사선으로 움직이는 소로
찌르는 향

재빨리 숨는 노루, 새와 벌레와
부러진 흙빛 둥치들까지
알 수 없는 기체가 얽힌 뿌리의 세계

—「움직이는 숲」 부분

우리는 이 작품에서 나무를 하나의 주체로 승격하려는 욕망을 발견한다. '먼나무'는 숲의 일부, 즉 배경이 아니라 인간과 마찬가지로 주체다. 그것은 무기력하게 서 있는 것이 아니라, 인간을 향해서 다가오거나 멀어지는 타자로 묘사된다. 그런데 나무들은 방문자로부터 달아나는 것일까, 아니면 방문자가 자신을 정확하게 바라볼 수 있는 위치에 멈춰 서는 것일까. “나무는 멀어지면서/ 동시에 다가왔다”라는 역설처럼 그것은 눈에 어른거리지만, ‘먼나무’라는 이름처럼 좀처럼 손에 쥘 수 없는 대상일 것이다. 무엇보다 “찌르는 향”과 “알 수 없는 기체”에 가려진 ‘뿌리’로 이루어진 일종의 신비이다. 그것은 이 순간에 ‘나’를 숲으로 인도하는 자이면서, 다가가려고 해도 ‘가파르게’ 뒤로 물러나는 매혹자이기도 하다.

따라서 움직이는 숲은 매혹하는 숲이기도 하다. 그런데 그 ‘소로’의 끝에는 무엇이 놓이는가. 왜 시인은 풍경을 감상하는 자로서 말하는 것이 아니라, 그것이 다가오거나 멀어진다고 말해야만 하는 것일까. 그 목소리 안에서 우리는 접촉의 열망을 발견한다. 어떤 소유할 수 없는 대상을 열망할 때, 그것은 물리적으로는 멀지라도 마음으로는 눈앞에 어른거린다. “움직이는 숲”과 “사선으로 움직이는 소로”란 바로 그러한 열망으로 세상을 바라볼 때 탄생하는 풍경을 뜻하지 않을까. 저 먼 곳이 우리에게 어떤 간절함을 느끼게 할 때만 우리는 걸음을 옮기기 시작하며, 그 걸음이 끝나지 않을 것 같은 좁은 길을 스스로 견디게 한다. 첫 시집에서 서로 겹을 이루며 ‘스미고’ ‘지탱하는’ 둥근 길이 제시되었다면, 이번 시집에서 시인은 알 수 없는 목적지를 그리워할 수밖에 없는 사선을 제시한다.

사랑과 그리움이 한 짝을 이루듯, 둥근 길과 사선의 차이는 그렇게 멀지 않을지도 모른다. 그러나 숲을 묘사하는 방식의 전환은 시인의 마음이 그리움으로 기울어졌다는 사실을 의미한다. 그는 이제 곁이 아니라, 저 먼 곳을 응시한다. 주어진 삶을 긍정하는 것보다 소유하지 못한 삶의 바깥을 떠올려본다. 따라서 '사선'의 풍경은 무언가를 간절한 그리움으로 바라본 적 있는 사람에게만 열리는 외딴길이다. 이 외딴길은 이번 시집에 흩어져 있다. 그것은 "덩굴장미가 점자처럼 더듬는 푸르스름한 높이와 그늘"(「밤의 기사(技士)」) 처럼 더듬어 살펴야 하는 어렴풋한 점자이고, "네 영혼은 계속 나아가리라/ 네 영혼은 계속 나아가리라"(「깃, 굿(巫)」) 라고 속삭이는 목소리다. 그렇다면 독자는 묻게 될 것이다. 그 길은 우리를 어디로 이끄는 것일까. 숲을 가로지르는 사선 너머에는 어떤 마음이 놓여 있는 것일까.

2. 감응의 역원근법

언뜻 보기에 서시 「움직이는 숲」의 '소로'는 우리가 바라보는 현실에 덧그려진 점근선과 같다. 따라서 이 작품은 언뜻 보기에 원근법을 도입한 풍경화를 닮아 있다. 수많은 학자가 언급하듯 원근법은 합리적 사고 또는 인간 중심적 사고의 산물이다. 르네상스 시대의 풍경화부터 근대문학에 이르기까지, 인간은 시공간을 '질서정연하고' '적절한' 방식으로 재배치하기 위해서 원근법을 사용했다. 하지만 현대 화가들은 이러한 인간 중심성을 거부한다. 그래서 그들은 원근법이 존재하지 않는 고대 벽화, 중세 도상예술, 동양 산수화를 분석하면서 역(逆)원근법의 사고방식을 탐구하고자 한다. 이를테면 이우환 화가가 『여백의 예술』(현대문학, 2002)에서 "예술은 결코 실천된 이념 따위가 아니다"라고 말할 때, 그것은 예술가의 눈은 이념을 거부하고 자신의 고유한 마음으로 세상을 드러낸다는 것을 뜻한다. 마음으로 세상을 본다는 자는 물리적 거리가 아닌 그리움으로 세상을 가늠한다. 때로 연인은 곁에 있어도 아득히 멀게 느껴지고, 어떤 참혹은 아무리 먼 곳의 일이라도 우리를 소름끼치게 하는 것처럼 말이다.

마찬가지로 강신애 시인이 서시 「움직이는 숲」에서 인간이 '걸어간다'고 말하는 대신 풍경이 '움직인다'고 말하는 방식은 하나의 역원근법에 가까운 것이 아닐까. 흥미롭게도 화가 윌리엄 터너에 관한 작품 「터너의 원소」에서 우리는 풍경화에 대한 하나의 시적인 해석을 발견한다. 이에 따르면 풍경화가의 그림조차 자화상이다. 그림은 외적 사실에 관한 묘사가 아니라, "터너의 용해된 기억"이자 "낱낱의 내력"이며 "터너 자신"으로 이루어진다. 또한 화가가 어떤 물감을 택하고 어떤 원근법을 택하는지는 순간의 사건이나 감정이 아닌 일생에 의해 결정된다. 이에 비추어보면, 우리는 서시의 스스로 걷는 나무들은 인간만이 주체로 행동하는 것이 아니라, 풍경 또한 주체로서 우리를 인도한다는 사실을 드러내는 하나의 역원근법이라고 이름 붙일 수 있을 것이다.

이 시집의 역원근법이 인간 존재를 되돌아보게끔 하는 풍경을 제시한다면, 시인이 그린 그리움의 점근선은 어떤 장소로 우리를 이끌게 될까. 적어도 두 가지 경로를 성찰해볼 필요가 있다. 우리가 처음으로 마주치게 되는 경로는 예술적 도취이다. 우리는 이 시집을 미적 감동을 선사하는 예술의 도록으로 이해할 수도 있다. 르 클레지오, 보후밀 흐라발, 르네 마그리트, 윌리엄 터너 등을 비롯하여 이 시집 전체가 다양한 장르를 망라하는 예술의 인용으로 이루어져 있다는 사실은 쉽게 알 수 있다. 시 「밤의 기사(技士)」에서 시인은 "어제 읽은 책"과 "나를 스쳐간 음악과 영화 속 장면들" 등 모든 예술적 체험이 보관된 한 대의 버스, 즉 "오드리의 심야 이동도서관"을 상상해본다. 이 '도서관-버스'는 오드리 니페네거의 소설 『심야 이동도서관』에서 빌려온 모티프이자 이 시집 자체를 상징하는 것이기도 하다. 이때 "축축하고 텅 빈 거리를/ 홀로 질주하는 밤의 기사여도 좋겠지"라는 문장처럼 시인에게 예술을 감상하는 순간은 세상을 벗어나 홀로 질주하는 듯한 기쁨으로 은유된다.

그렇다면 시인에게 '예술'의 의의는 무엇인가. "하나의 인생을 읽고/ 평생 그 생을 베끼는 일을 직업으로 삼을 수도 있다"(「필경사」)라고 쓰듯, 예술은 한 사람의 일생을 나누어 가지는 일이다. "요하네스 페르메이르의/ 편지를 읽는 푸른 옷의 여인처럼/ 혼을 빠트린 채/ 어떤 편지를 읽은 적 있다"(「푸른 옷의 여인」)라고 쓰듯, 예술은 어떤 그리움의 감각을 일깨우는 사건이기도 하다. "별을 잃어버리고 간절함만 남은 것"(「르 클레지오의 바람」)이나 "영원히 돌아오지 않을 듯 아득한 호루스의 비행"(「매」)이라는 표현처럼, 예술은 상실한 근원을 기리는 회한이기도 하다. 이 은유들에서 공통으로 암시되는 바는 회상이다. 예술은 한 존재를 향한 전적인 회상이자 간절함인 셈이다.

책장을 넘기자 갈매기가 튀어나왔다

수평선, 열기, 깨어지는 고요의 모서리……
단어들과
망막 핏줄이 당겨 허공이 흔들린다

몇 장 페이지를 되짚어 넘기면
거기 부화한 알들의 둥지가
죽음의 실타래 같고

노을 음파가 철썩인다
타자기가 종이 뭉치를 물고 있다

이 낯선 물가는 책을 적시지 못한다

간신히 지문이나 축축해질 뿐

시린 두 눈을 감으면
깃에 사로잡힌 바람의 떨림을 음미할 수 있다
갈매기를 접어
어둠에 질식시킬 수도 있다

읽을 수 있다는 실감으로 잠결에
끼룩끼룩 갈매기 울음을 듣기도 한다

—「갈매기」 전문

위 작품에서는 펼쳐놓은 책과 날개를 펼친 갈매기 사이의 형태적 유사성에 기초하여 비유가 전개된다. 여기에 덧붙여진 초현실주의적인 상상력을 면밀히 살펴봄으로써 우리는 예술을 다루는 하나의 관점을 유추할 수 있다. 먼저 우리는 하나의 독서 행위가 타자의 시간을 들여다보는 행위로 전이되고 있다는 사실을 알 수 있다. 시인이 바라보고 있는 것은 '갈매기'의 전 존재를 이루는 시간이다. 책의 페이지를 "넘기는" 몸짓이 갈매기를 출현하게 한다면, 페이지를 "되짚어 넘기는" 몸짓은 부화한 알들의 둥지를 되돌아보게 한다. 시인은 더 나아가 "죽음의 실타래"를 보고 있다고 말한다. 따라서 독서란 죽음과 탄생이 교차하는 존재론적 시간의 '실타래'를 읽어나가는 일이다.

또한 위 작품에서 독서 행위는 일종의 흔들림이자 넘침으로 은유된다. 수평선과 해변 사이에 파도가 치듯, 단어와 망막이 서로 끌어당길 때 독서는 시작된다. '노을 음파'로서의 독서는 거리를 둔 이해가 아니라 서로 뒤섞이고 흔들리는 상태임을 의미한다. 독서는 서로 스며드는 사건이며 감응이다. 더 나아가 잠결에 들려오는 '갈매기 울음'처럼 그것은 '나'를 침범해온다. 이렇듯 예술을 감상한다는 것은 속수무책이라는 것, 다시 말해 예술은 의지로 조종할 수 있는 것이 아니라 존재를 뒤흔들어놓는 사건으로 형상화된다.

따라서 우리가 시인이 제시하는 첫번째 접근선을 예술적 접촉이라고 이해한다면, 그것은 타자와의 내밀한 관계 맺음을 바라는 마음이라고 볼 수 있다. 예술에 관한 한 인간은 기로에 놓이는데, 우리는 그것을 감상하며 "깃에 사로잡힌 바람의 떨림을 음미할 수"도 있고, 반면 책을 덮듯 "갈매기를 접어/ 어둠에 질식시킬 수도 있다". 책을 덮는 일이 왜 갈매기를 '질식시키는' 행위와 동일시되는 것일까. 그것은 앞서 언급했듯 예술이 단순히 하나의 표현이 아니라, 하나의 삶을 재현하는 방법으로 승격되어 있기 때문일 것이다. 그래서 우리는 이 시집에서 예술이 조우로 기능한다고 말할 수 있다. 한 권의 책을 필사하는 일이 "피와 초록의 온도, 머지않아 피어날 흰 꽃의 온도"(「필경사」)를 만지는 것으로 은유되듯, 예술은 타자와의 눈 마주침, 마주함, 전 존재적인

이해를 예비하는 하나의 접촉인 셈이다.

3. 전적인 삶

예술이 전 존재적인 조우라면, 그와 대비되는 것은 "다정한 완구"(「러버 덕」)처럼 살아가는 도시적 삶이다. 특히 익명의 공간으로서 아파트가 강조된다. 시 「누구일까」에서는 새벽 세시 화재경보기가 울리고 아파트 주민들이 잠에서 깨어난 상황이 묘사되는데, 어디서 화재가 일어난 것인지 누가 고난에 처해 있는지 밝혀지지 않는다. 「설국」과 「도장공사」와 같은 작품에서도 아파트는 비인간적인 공간으로 표현된다. 이 시편들에 등장한 쓰러진 노인이나 자살에 실패한 시위자는 "한물간" 이야기 혹은 불쾌한 소문처럼 다뤄지고 동네에서 추방된다. 시 「가짜 고기 버거」에서 콩고기로 만들어진 가짜 고기는 외양만 갖추고 있을 뿐 본질을 상실한 도시적 삶의 상징이다. "입자를 버무려 무엇이든 만들어내는 미래가/ 다정하고 모호한 얼굴로 다가온다"라는 문장처럼 시인이 강조하는 것은 "모호한 얼굴"이다. 그는 이러한 가장된 삶 안에서 타자와의 대면이 상실되었다는 사실을 강조하고 있다.

따라서 시인은 타성으로 굳어버린 삶을 깨트리는 데 주력하면서 성찰의 계기를 탐색하는 듯 보인다. 이로부터 우리는 삶 바깥으로 향하는 두번째 점근선을 발견할 수 있는데, 그것은 이국성과 원초성이다. 시인은 낯선 사람이나 순수한 자연의 발견을 꿈꾼다. 그런데 그 태도는 여행이나 탐험보다 무미건조한 우리의 일상 안에서 타자의 삶을 슬며시 들여다보는 행위에 가까운 것, 요컨대 "유리창 속의 항구"(「물가의 집」)를 바라보는 몸짓에 가깝다. 시 「요가 소년」에서도 시인은 소년의 유튜브 영상을 보며 "얼마나 더 멀리 찢을 수 있을까// 마음/ 암벽을"(「요가 소년」)이라고 말한다. 요가 동작을 따라 하는 순간이 마음의 관성을 찢는 계기로 승격되는 셈이다.

그 빛은 어디서 왔나요
캄캄한 육체를 입기까지
걸어온 발자국은 얼마나 되나요

높고 화려한 머리쓰개는
여인들 영혼의 꽃술,
엉덩이는 원초성으로 빨려들어가고

염소 뿔을 종일 따르는 아이의
지리한 무표정, 반짝이는 쇄골

대서(大暑)의 한여름, 아프리카는 가까운 듯 멀고

먼지만 풀풀 날릴 듯한데
동쪽으로 동쪽으로 몰고 온 사바나기후를 꾹 짜면
열대의 초원이 펼쳐지겠지요

세계의 고향 모퉁이에 모여 있는 나이브한 모음
나이지리아

켜켜이 검은 숨결들 속의 빛나던 아프리카는
나의 누낭 어디쯤 고여 있을까요

—「나이지리아」 부분

서시에 제시된 '사선'의 점근선과 마찬가지로 위 작품에서 아프리카 대륙이 지닌 '원초성'은 "가까운 듯 멀고" 눈앞에 어른거리지만 쉽게 닿을 수 없는 장소로 표현된다. 우리는 이 시로부터 신성화(神聖化)된 자연의 이미지들을 발견할 수 있다. 흑인의 육체는 '빛'이자 "세계의 고향 모퉁이"로서, 인류가 회복해야 할 원초적 삶의 방식을 상기시킨다. 그들의 장신구는 인위의 산물이 아니라 "영혼의 꽃술"이고, 그들의 언어는 "나이브한" 것이다. 이렇듯 나이지리아는 시적 상상력을 통해 풍경화된다. 실재하는 나이지리아와는 별개로, 이렇게 풍경화된 나이지리아는 인류가 회복해야 하는 원초성의 고향이자 반성적 거울로서 문명화된 삶에

대한 경고를 전한다.

마지막 문장의 '나의 누낭'이라는 표현이 암시하듯 무엇보다 시인은 연민의 태도로 타자의 고통에 귀기울이려 한다. 이는 다른 작품에서도 두드러지는 점이다. 소록도에서 일생을 봉사한 오스트리아의 간호사들(「마리안, 마가렛」)과 남편을 잃은 모로코의 이민자 여인(「모로코 여인」)이 이겨내야 할 고통에 주목한다. 그들이 끝내 고통을 견디고 삶을 이어간다는 사실을 반추해본다. 탈북 병사가 수많은 총탄이 몸에 박힌 채 남한으로 건너온 순간에 대해서도 시인은 이렇게 기록한다. "총알이 뚫고 지나간/ 너의 배를 열었을 때/ 허옇게 눈먼 손과 잘린 귀가 가득했다"(「귀순 병사」). 시인은 총알이 뚫고 간 배의 상처보다 그 상처를 기꺼이 감당하게끔 각오하게 만든 삼켜진 시간, 즉 '눈먼 손'과 '잘린 귀'를 지닌 채 살아가야 했을 과거까지 들여다본다.

그의 시에서 가장 조심스럽게 다뤄지는 것이 있다면 삶이고 생명이다. "울음을 터트리는 새끼의 첫 숨이 나의 야훼다"(「수의사」)라는 문장처럼, 최초의 울음은 신성하고, 쉽게 더럽혀질 것처럼 위태롭다. 시인에게 생명은 매번 최초의 울음처럼 다뤄져야 하는 그 무엇이다. 그래서 그는 때로 인간의 손이 닿지 않은 자연을 상상한다. '고라니'는 "무장하지 않고 물을 마시는 동물"이며, 비무장지대의 순수한 자연이야말로 바람직한 삶의 방식이다(「DMZ」). 그런데 자연은 무엇을 행하는가. 시인이 꽃을 "씨앗 폭탄"(「게릴라 가든」)이라고 부를 때, 꽃은 그저 온몸으로 피고 질 뿐이다. 시인은 그 끈질긴 삶을 '저항'이라고 이름 붙인다. 씨앗처럼 자신이 지닌 가능성을 다해서 사는 것, 그 원초성이 시인이 우리에게 제시하는 두번째 접근선인 셈이다.

4. 헤아릴 수 없는 전진

숲속의 좁은 길을 따라서 걷듯, 이 시집을 펼치면 한쪽에는 예술을 통한 탈주선이 보이고, 다른 한쪽에는 자연을 닮은 원초적 삶이 놓인다. 그 길들은 어쩌면 우리 주변에 항상 놓여 있음에도 우리가 스쳐지나가고 쉽게 잊어버리는 마음을 상기시키는지도 모른다. 때로 우리는 세상을 조금 더 아름답게 느끼고 싶은 충동에 사로잡힌다. 때로 우리는 우리 자신이 일상에 사로잡혀 있다고 느낀다. 더 나아가 타자의 참혹을 바라보는 일은 견딜 수 없이 괴롭다. 그러나 도시적 삶, 파편화되고 체계화된 일상 안에서 우리는 그 마음들을 손쉽게 잊는다. 아파트처럼 내 것과 네 것, 내 삶과 네 삶이 벽으로 분할된 공간 안에서 우리는 서로 침범하지 않는다.

시인이 벗어나고자 하는 것은 그 완고한 일상이다. 대신 그가 눈 돌리는 낯선 장소에서 발견되는 것은 많은 사람이 소홀히 대하고 사소하게 여기는 타자들이다. 시인은 시 「깃털 모으는 남자」에서 "지갑을 열자/ 깃털이 수북하다"라고 쓴다. 이 시집에서 사람과 사람이 거래하는 수단은 화폐가 아니라 깃털이다. 깃털로 "사과의 마음 하나쯤 살 수 있겠지"라고 말하듯, 이 시집에서 거래되는 열매는 물질이 아니라 마음이다. 한 편의 시를 이루는 한 단어, 한 단어는 마음이 타자의 마음으로 향하기 위해 지불하는 한 번의 날갯짓이다.

그렇다면 마음이 마음에 닿는 일, 즉 이해란 무엇일까. 어머니에 관한 내밀한 작품들에서 시인이 표현하는 이해의 정확한 거리를 조심스럽게 확인할 수 있다. 시인은 한 사람의 마음을 감히 '알 수' 있다고 말하지 않는다. 시 「저 원통형 우주 속에 무슨 일이 벌어지고 있는 걸까」에서 투병하던 어머니를 떠올리며 "쥐도, 자신의 침도 삼키지 않는 철통같은 함묵 속에/ 침대에 길게 늘어진 어머니는/ 뒷모습이 앞모습이었다/ 그것은 내게 어떤 포기를 요구했다"라고 표현할 때, 시인은 타자의 고통 앞에서 그저 바라보거나 침묵할 수 있을 뿐이라고 말한다. 시 「클라인의 병」에서 표현하듯, 세상을 떠난 어머니를 향한 마음은 '슬픈 자각몽'처럼 삶을 침범하지만 "당신은 이제 내게 오지 않을 것이다"라는 확고한 사실을 그는 알고 있다. 그래서 이 시집에서 이해는 타자의 고통이나 현전에 관한 것이 아니다. 이해는 다만 그리움에 사로잡힌 자신을 견디는 것이다. 시 「재의 여름」에서 "들어갔다 다시 나오는 회전문처럼/ 여전히 나를 돌리고 있는 당신"을 떠올릴 때, 분명히 시인은 몇 번이고 자신을 휘청거리게 하는 그리움에 관해서 고백하고 있다.

그리움은 손에 쥘 수 없는 타자를 향한 마음이다. 그리움으로 덧칠된 세계는 지평선 끝에 놓인 것처럼, 안개에 가려진 것처럼 발견될 수밖에 없다. 어쩌면 마지막 시 「하얀 성(城)」에서 상상되는 장소가 그러하다. "하얀 성"은 누구의 소유인지도, 어떤 이들이 거주하는지도 분명치 않은 장소다. 그것은 "암벽 같은 성문"과 "잠겨 있는" 이야기로 놓인 채 손님의 접근을 가로막는다. 그 안에서 타자는 맞부딪치는 장애물이거나 탐색해야 하는 비밀일 수밖에 없다. 하지만 시인은 머뭇거리지 않고 전진한다. "나는 헤아릴 수 없는 성으로 걸어들어갔다"라고 그는 쓴다. 시인은 타자를 향한다는 것이 막막한 산보라는 사실을 알고 있다. 그러나 그는 머뭇거리지 않고 반대편으로 나아간다. 그리고 우리는 이 전진이 끝나지 않을 것을 안다.

강신애 1996년 『문학사상』을 통해 등단했다. 시집으로 『서랍이 있는 두 겹의 방』 『불타는 기린』 『당신을 꺼내도 되겠습니까』가 있다.

문학동네시인선 150
어떤 사람이 물가에 집을 지을까

초판 인쇄 2020년 11월 26일
초판 발행 2020년 11월 30일

지은이 | 강신애
펴낸이 | 염현숙
책임편집 | 김영수
편집 | 이재현 강윤정
디자인 | 수류산방(樹流山房) 본문 디자인 | 유현아
마케팅 | 정민호 박보람 우상욱 안남영
홍보 | 김희숙 김상만 지문희 김현지 이소정 이미희
제작 | 강신은 김동욱 임현식
제작처 | 영신사

펴낸곳 | (주)문학동네
출판등록 | 1993년 10월 22일 제406-2003-000045호
주소 | 10881 경기도 파주시 회동길 210
전자우편 | editor@munhak.com
대표전화 | 031) 955-8888 팩스 | 031) 955-8855
문의전화 | 031) 955-3576(마케팅), 031) 955-2679(편집)
문학동네카페 | http://cafe.naver.com/mhdn
북클럽문학동네 | http://bookclubmunhak.com

ISBN 978-89-546-7618-2 03810

* 이 책은 2020년 한국문화예술위원회 아르코문학창작기금의 지원을 받았습니다.

* 이 도서의 국립중앙도서관 출판예정도서목록(CIP)은 서지정보유통지원시스템 홈페이지(http://seoji.nl.go.kr)와 국가자료종합목록 구축시스템(http://kolis-net.nl.go.kr)에서 이용하실 수 있습니다.(CIP 제어번호 : CIP2020050269)

잘못된 책은 구입하신 서점에서 교환해드립니다.
기타 교환 문의: 031) 955-2661, 3580

www.munhak.com

문학동네